AF188105

Gerhart Hauptmann

Der Apostel

Bibliografische Information der Deutschen Nationalbibliothek:
Die Deutsche Nationalbibliothek verzeichnet diese Publikation in der Deutschen Nationalbibliografie; detaillierte bibliografische Daten sind im Internet
über http://dnb.dnb.de abrufbar.

© 2017 Gerhart Hauptmann

Herstellung und Verlag: BoD – Books on Demand, Norderstedt

ISBN: 978-3-7460-3227-6

Spät am Abend war er in Zürich angelangt. Eine Dachkammer in der »Taube«, ein wenig Brot und klares Wasser, bevor er sich niederlegte: das genügte ihm.

Er schlief unruhig wenige Stunden. Schon kurz nach vier erhob er sich. Der Kopf schmerzte ihn. Er schob es auf die lange Eisenbahnfahrt vom gestrigen Tage. Um so etwas auszuhalten mußte man Nerven wie Seile haben. Er haßte diese Bahnen mit ihrem ewigen Gerüttel, Gestampf und Gepolter, mit ihren jagenden Bildern; – er haßte sie und mit ihnen die meisten anderen der sogenannten Errungenschaften dieser sogenannten Kultur.

Durch den Gotthard allein ... es war wirklich eine Tortur, durch den Gotthard zu fahren: dazusitzen, beim Scheine eines zuckenden Lämpchens, mit dem Bewußtsein, diese ungeheure Steinmasse über sich zu haben. Dazu dieses markerschütternde Konzert von Geräuschen im Ohr. Es war eine Tortur, es war zum Verrücktwerden! In einen Zustand war er hineingeraten, in eine Angst, kaum zu glauben. Wenn das nahe Rauschen so zurücksank und dann wieder daherkam, daherfuhr wie die ganze Hölle und so tosend wurde, daß es alles in einem förmlich zerschlug ... nie und nimmer würde er nochmals durch den Gotthard fahren!

Man hatte nur einen Kopf. Wenn der einmal aufgestört war – der Bienenschwarm da drinnen – da mochte der Teufel wieder Ruhe schaffen: alles brach durch seine Grenzen, verlor die natürlichen Dimensionen, dehnte sich hoch auf und hatte einen eigenen Willen.

Die Nacht hatte es ihn noch geplagt, nun sollte es damit ein Ende haben. Der kalte, klare Morgen mußte das seinige tun. Übrigens würde er von hier ab nach Deutschland hinein zu Fuße reisen.

Er wusch sich und zog die Kleider über. Als er die Sandalen unterband, tauchte ihm flüchtig auf, wie er zu dem Kostüm, das er trug und das ihn von allen übrigen Menschen unterschied, gekommen war: die Gestalt Meister Diefenbachs ging vorüber. – Dann war es ein Sprung in frühe Jahre: er sah sich selbst in der sogenannten Normaltracht zur Schule gehen – der Glatzkopf des Vaters blickte hinter dem Ladentische der Apotheke hervor, die Tracht des Sohnes milde bespöttelnd. Die Mutter hatte doch immer gesagt, er sei kein Hypochonder. Der Glatzkopf und das junge Frauengesicht schoben sich nebeneinander. Welch ein ungeheurer Unterschied! Daß er das früher nie bemerkt hatte.

Die Sandalen saßen fest. Er legte den Strick, der die weiße Frieskutte zusammenhielt, um die Hüften und eine Schnur rund um den Kopf.

Auf dem Hausflur der Herberge war ein alter Spiegel angebracht. Einen Augenblick im Vorübergehen hielt er inne, um sich zu mustern. Wirklich! – er sah aus wie ein Apostel. Das heilige Blond der langen Haare, der starke, rote, keilförmige Bart, das kühne, feste und doch so unendlich milde Gesicht, die weiße Mönchskutte, die seine schöne, straffe Gestalt, seinen elastischen, soldatisch geschulten Körper zu voller Geltung brachte.

Mit Wohlgefallen spiegelte er sich. Warum sollte er es auch nicht? Warum sollte er sich selbst nicht bewundern, da er doch nicht aufhörte, die Natur zu bestaunen in allem, was sie hervorbrachte? Er lief ja durch die Welt von Wunder zu Wunder, und Dinge, von anderen nicht beachtet, erzeugten in ihm religiöse Schauer. Übrigens nahm sie sich gut aus – die Neuerung dieses Morgens: man konnte ja denken, diese Schnur um den Kopf habe den Zweck, das Haar zusammenzuhalten. Daß sie einem Heiligenscheine ähnelte, hatte nichts auf sich. Heilige gab es nicht mehr, oder besser: der Heiligenschein kam jedem Naturerzeugnis, auch dem kleinsten Blümchen oder Käferchen zu, und dessen Auge war ein profanes Auge, der nicht über allem solche Heiligenscheine schweben sah. – –

Auf der Straße war noch niemand: einsamer Sonnenschein lag darauf; hie und da der lange, ein wenig schräge Schatten eines Hauses. Er bog in ein Seitengäßchen, das bergan stieg, und klomm bald zwischen Wiesen und Obstgärten hin aufwärts.

Bisweilen ein hochgiebliges, altväterisches Häuschen, ein enges, mit Blumen vollgepfropftes Hausgärtchen, dann wieder eine Wiese oder ein Weinberg. Der Ruch des weißen

Jasmins, des blauen Flieders und des dunkelbrennenden Goldlacks erfüllte stellenweise die reine und starke Luft, daß er sie wohlig in sich sog wie einen gewürzten Wein.

Er fühlte sich freier nach jedem Schritt.

Wie wenn ein Dorn aus seinem Herzen sich löste, war ihm zu Sinn, als es ihm das Auge so still und unwiderstehlich nach außen zog. Das Dunkel in ihm ward aufgesogen von all dem Licht. Die Köpfchen des gelben Löwenzahns, gleich unzähligen, kleinen Sonnen in das sprießende Grün des Wegrandes gelegt, blendeten ihn fast. Durch den schweren Blütenregen der Obstbäume schossen die Sonnenstrahlen schräg in den wiesigen Grund, ihn mit goldigen Tupfen überdeckend. So honigsüß dufteten die Birken. Und so viel Leben, Behaglichkeit und Fleiß sprach aus dem verlorenen Sumsen früher Bienen.

Sorgfältig vermied er im Aufsteigen irgend etwas zu beschädigen oder gar zu vernichten, was Leben hatte. Das kleinste Käferchen wurde umgangen, die zudringliche Wespe vorsichtig verscheucht. Er liebte die Mücken und Fliegen brüderlich, und zu töten, – auch nur den allergewöhnlichsten Kohlweißling – schien ihm das schwerste aller Verbrechen.

Blumen, halbwelk, von Kinderhänden ausgerauft, hob er vom Wege auf, um sie irgendwo ins Wasser zu werfen. Er selbst pflückte niemals Veilchen oder Rosen, um sich damit zu schmücken. Er verabscheute Sträuße und Kränze; er wollte alles an seinem Ort.

Ihm war wohl und zufrieden. Nur, daß er sich selbst nicht sehen konnte, bedauerte er. Er selbst mit seinem edlen Gange, einsam in der Frühe auf die Berge steigend: das hätte ein Motiv abgegeben für einen großen Maler –: und das Bild stand vor seiner Phantasie.

Dann sah er sich um, ob nicht doch vielleicht irgendeine menschliche Seele bereits wach sei und ihn sehen könne. Niemand war zu erblicken.

Übrigens fing das merkwürdige Schwatzen – im Ohr oder gar im Kopf drinnen, er wußte nicht wo – wieder an. Seit einigen Wochen plagte es ihn. Sicherlich waren es Blutstockungen. Man mußte laufen, sich anstrengen, das Blut in schnelleren Umlauf versetzen –

Und er beschleunigte seine Schritte.

Allmählich war er so über die Dächer der Häuser hinausgekommen. Er stand ruhend still und hatte alle Pracht unter sich. Eine Erschütterung überkam ihn. Ein Gefühl tiefer Zerknirschung brannte in ihm angesichts dieser wundervollen Tiefe. – Lange ließ er das verzückte Auge umherschwelgen: – über alles hin, zu der Spitze des jenseitigen Berges, dessen schründige Hänge zartes, wolliges Grün umzog. – Hinunter, wo die veilchenfarbne Fläche des Sees den Talgrund ausfüllte, wo die weichen, grasigen Uferhügel daraus hervorstiegen, grüne Polster, überschüttet, soweit die Sehkraft reichte, mit Blüten und wieder Blüten. Dazwischen Häuschen, Villen und Dörfer, deren Fenster elektrisch aufblitzten, deren rote Dächer und Türme leuchteten.

Nur im Süden, fern, verband ein grauer, silberiger Duft See und Himmel und verdeckte die Landschaft; aber über ihm, fein und weiß leuchtend, auf das blasse Blau der Luft gelegt, schemenhaft tauchten sie auf – einem ungeheuren Silberschatz vergleichbar – in langer sich verlierender Reihe: die Spitzen der Schneeberge.

Dort haftete sein Blick – starr – lange. Als es ihn los ließ, blieb nichts Festes mehr in ihm. Alles weich, aufgelöst. Tränen und Schluchzen.

Er ging weiter.

Von oben her, wo die Buchen anfingen, traf das Geschrei des Kuckucks sein Ohr: jene zwei Noten, die sich wiederholen, aussetzen, um dann wieder und wieder zu beginnen. Er ging weiter, nunmehr für sich und grüblerisch.

Mysteriöse Rührungen waren ihm angesichts der Natur nichts Ungewöhnliches, so stark und jäh wie diesmal indes hatten sie ihn noch niemals befallen. – Es war eben sein Naturgefühl, das stärker und tiefer wurde. Nichts war begreiflicher, und es tat nicht not, sich darüber hypochondrische Gedanken zu machen. Übrigens fing es an, sich in ihm zu verdichten, zu gestalten, zu erbauen. Kaum daß Minuten vergingen, und alles in ihm war gebunden und fest.

Er stand still, wieder schauend. Nun war es die Stadt unten, die ihn anzog und abstieß. Wie ein grauer, widerlicher Schorf erschien sie ihm, wie ein Grind, der weiter fressen würde, in dies Paradies hineingeimpft: Steinhaufen an Steinhaufen, spärliches Grün dazwischen. Er begriff, daß der Mensch das allergefährlichste Ungeziefer sei. Jawohl, das stand außer Zweifel: Städte waren nicht besser als Beulen, Auswüchse der Kultur. Ihr Anblick verursachte ihm Ekel und Weh.

Zwischen den Buchen angelangt, ließ er sich nieder. Lang ausgestreckt, den Kopf dicht an der Erde, Humus- und Grasgeruch einziehend, die transparenten, grünen Halme dicht vor den Augen, lag er da. Ein Behagen erfüllte ihn so, eine schwellende Liebe, eine taumelnde Glückseligkeit. Wie Silbersäulen die Buchenstämme. Der wogende und rauschende, sonnengolddurchschlagene, grüne Baldachin darüber, der Gesang, die Freude, der eifrige und lachende Jubel der Vögel. Er schloß die Augen, er gab sich ganz hin. – –

Dabei stieg ihm der Traum der Nacht auf: eine fremde Stimmung zuerst, ein Herzklopfen, eine Gehobenheit, die eine Vorstellung mitbrachte, über deren Ursprung er grübeln mußte. Endlich kam die Erinnerung –: zwischen Tag und Abend. Eine endlose, staubige, italienische Landstraße, noch erhitzt, flimmernde Wärme ausströmend. Landleute kommen vom Felde, braun, bunt, zerlumpt. Männer, Weiber und Kinder mit schwarzen, stechenden und glaubenskranken Augen. Ärmliche Hütten schräg drüben. Über sie her einfältiges, katholisches Aveglockengebimmel. Er selbst bestaubt, müde, hungernd, dürstend. Er schreitet langsam, die Leute knien am Wegrand, sie falten die Hände, sie beten ihn an. Ihm ist weich, ihm ist groß.

Er lag und hing an dem Bilde. Fieber, Wollust, göttliche Hoheitsschauer wühlten in ihm. Er erhob sich Gott gleich.

Nun war er bestürzt, als er die Augen auftat. Wie eine Säule aus Wasser brach es zusammen und verrann.

Sich selbst fragend und zur Rede stellend, drang er ins Waldinnere. Er machte sich Vorwürfe über sein verzücktes Träumen; es kam wider seinen Willen und Entschluß. Die

Wucht seiner Gefühle machte ihm bange, dennoch aber: es konnte sein, daß seine nagende Angst ohne Grund war.

Übrigens wuchs die Angst, obgleich es ihm jetzt gerade ganz klar wurde, daß sie grundlos war.

Sie hatten ihn wirklich verehrt, die Italiener, deren Dörfer er zu Fuß durchzogen hatte. Sie waren gekommen, um ihre Kinder von ihm segnen zu lassen. Warum sollte er nicht segnen, wenn andere Priester segnen durften? Er hatte etwas – er hatte mehr mitzuteilen als sie. Es gab ein Wort, ein einziges wundervolles Wortjuwel: Friede! Darin lag es, was er brachte, darin lag alles verschlossen – alles – alles.

Blutgeruch lag über der Welt. Das fließende Blut war das Zeichen des Kampfes. Diesen Kampf hörte er toben, unaufhörlich, im Wachen und Schlafen. Es waren Brüder und Brüder, Schwestern und Schwestern, die sich erschlugen. Er liebte sie alle, er sah ihr Wüten und rang die Hände in Schmerz und Verzweiflung.

Mit der Stimme des Donners reden zu können wünschte er glühend. Angesichts der tosenden Schlacht, auf einem Felsblock, allen sichtbar, stehend, mußte man rufen und winken. Zu warnen vor dem Bruder- und Schwestermord, hinzuweisen auf den Weg zum Frieden war eine Forderung des Gewissens.

Er kannte diesen Weg. Man betrat ihn durch ein Tor mit der Aufschrift: Natur.

Mut und Eifer hatte die Angst seiner Seele allmählich wieder verdrängt. Er ging, nicht wissend wohin, predigend im Geiste und bei sich selbst zu allem Volke redend: ihr seid Fresser und Weinsäufer. Auf euren Tafeln prangen kannibalisch Tierkadaver. Laßt ab vom Schlemmen! Laßt ab vom ruchlosen Morde der Kreaturen! Früchte des Feldes seien eure Nahrung! Eure seidnen Betten, eure Polster, eure kostbaren Möbel und Kleider, tragt alles zusammen, werft die Fackeln hinein, daß die Flamme himmelan schlage und es verzehre! Habt ihr das getan, dann kommt – kommt alle, die ihr mühselig und beladen seid und folgt mir nach! In ein Land will ich euch führen, wo Tiger und Büffel nebeneinander weiden, wo die Schlangen ohne Gift und die Bienen ohne

Stachel sind. Dort wird der Haß in euch sterben und die ewige Liebe lebendig werden.

Ihm schwoll das Herz. Wie ein reißender Strom stürzte der Schwall strafender, tröstender und ermahnender Worte. Sein ganzer Körper bebte in Leidenschaft. Mit hinreißender Stärke überkam ihn der Drang, seine ganze Liebe und Sehnsucht auszuströmen. Als müsse er den Bäumen und Vögeln predigen, war ihm zumut. Die Kraft seiner Rede mußte unwiderstehlich sein. Er hätte das Eichhorn, welches in Bogensprüngen zwischen den Stämmen hinhuschte, mit einem einzigen Worte bannen und zu sich rufen können. Er wußte es, wußte es sicher, wie man weiß, daß der Stein fällt. Eine Allmacht war in ihm: die Allmacht der Wahrheit.

Plötzlich hörte der Wald auf. Fast erschreckt, geblendet, wie jemand, der aus einem tiefen Schacht aufsteigt, sah er die Welt. Aber es hörte nicht auf in ihm zu wirken. Mit eins kam Richtung in seine Schritte. Er stieg niederwärts, den abschüssigen Weg laufend und springend.

Wie ein Soldat, der stürmt, das Ziel im Auge, kam er sich nun vor. Einmal im Laufen, war es schwer sich aufzuhalten. Die schnelle, heftige Bewegung aber weckte etwas: eine Lust, eine Art Begeisterung, eine Tollheit.

Das Bewußtsein kam, und mit Grausen sah er sich selbst in großen Sätzen bergab eilen. Etwas in ihm wollte hastig hemmen, Einhalt tun, aber schon war es ein Meer, das die Dämme durchbrochen hatte. Ein lähmender Schreck blieb geduckt im Grunde seiner Seele und ein entsetztes, namenloses Staunen dazu.

Sein Körper indes, wie etwas Fremdes, tobte entfesselt. Er schlug mit den Händen, knirschte mit den Zähnen und stampfte den Boden. Er lachte – lachte lauter und lauter, ohne daß es abriß.

Als er zu sich kam, zitterte er. Fast gelähmt vor Entsetzen, hielt er den Stamm einer jungen Linde umklammert. Nur mit Vorsicht und stets in Angst vor der Wiederkehr des Unbekannten, Fürchterlichen ging er dann weiter. Aber er wurde doch wieder frei und sicher, so daß er am Ende über seine Angst lächeln konnte.

Nun, unter dem festen Gleichmaß seiner Schritte, angesichts der ersten Häuser, kam die Erinnerung seiner Soldatenzeit. Wie oft, das Herz mit dem tauben Hochgefühl befriedigter Eitelkeit zum Bersten gefüllt, hatte er als Leutnant, an der Seite der Truppe, unter klingendem Spiele Einzug gehalten. Er dachte es kaum, und schon hatte in seinem Kopfe die markige, feurige Marschmusik eingesetzt, durch die er so oft fanatisiert worden war. Sie klang in seinem Ohr und bewirkte, daß er die Füße in Takt setzte und Kopf und Brust ungewöhnlich stolz trug. Sie legte das sieghafte Lächeln um seine Lippen und den lebendigen Glanz in seine Augen. So marschierend lauschte er zugleich in sich hinein, verwundert, daß er so jeden Ton, jeden Akkord, jedes Instrument scharf unterschied, bis auf das Nachschüttern des Zusammenschlags von Pauke und Becken. Er wußte nicht, sollte ihn die Stärke seiner Vorstellungskraft beunruhigen oder erfreuen. Ohne Zweifel war es eine Fähigkeit. Er hatte die Fähigkeit zur Musik. Er würde sicher große Kompositionen geschaffen haben. Wie viele Fähigkeiten mochten überhaupt in ihm erstickt worden sein! Übrigens war das gleichgültig. Alle Kunst war Unsinn, Gift. Es gab andere, wichtigere Dinge für ihn zu tun.

Ein Mädchen in blauem Kattun, mit einem rosa Brusttuch, eine Kanne aus Blech in der Hand, welches augenscheinlich Milch austrug, kam ihm entgegen. Er hatte sie mit dem Blick gestreift und bemerkt, wie sie erstaunt über seinen Anblick still stand und groß auf ihn blickte. Sie grüßte dann kleinlaut mit ehrfürchtiger Betonung, und er ging gemessen und ernst dankend an ihr vorüber.

Sofort war alles in ihm verstummt. Weit hinaus wuchs er im Augenblick über seine bisherigen kleinen Vorstellungen. Wenn er noch etwas wie Musik in seinem Ohre trug, so war es jedenfalls keine irdische Melodie. Mit einer Empfindung schritt er, wie wenn er trockenen Fußes über Wasser ginge. So hehr und groß kam er sich vor, daß er sich selbst zur Demut ermahnte. Und wie er das tat, mußte er sich an Christi Einzug in Jerusalem erinnern und schließlich der Worte: Siehe, dein König kommt zu dir, sanftmütig.

Noch eine Zeitlang fühlte er den Blick des Mädchens sich nachfolgen. Aus irgendwelchem Grunde hielt er im Gehen möglichst genau die Mitte des Fahrdamms inne, auch als er eine Biegung machte in eine breite, weiße, sich abwärts senkende Straße hinein. Dabei wie unter einem Zwange stehend, mußte er immer und immer wiederholen: Dein König kommt zu dir.

Kinderstimmen sangen diese Worte. Sie lagen ihm noch ungeformt zwischen Gaumen und Zunge. Aus dem unartikulierten Geräusch seines Atems konnte er sie heraushören. Dazwischen Hosianna, rauschende Palmenwedel, Jauchzen, bleiche, verzückte Gesichter. Dann wieder jähe Stille – Einsamkeit.

Er sah auf, voll Verwunderung. Wie leere Kulissen alles. Häuser aus Stein rechts und links, stumm, nüchtern, schläfrig. Nachdenklich prüfte er. Allmählich, da es feststand, begann sein Inneres sich daran zu ordnen. So wurde er klein, einfach, und fing an nüchtern zu schauen.

Hier und da war ein Fenster geöffnet. Der Kopf eines Hausmädchens wurde sichtbar, man klopfte einen Betteppich aus. Ein Student, schwarzhaarig, mit wulstigen Lippen, augenscheinlich ein Russe, drehte auf dem Fensterbrett seine Frühstückszigarette. Und schon wurde es lebendiger auf der Straße. Die Augen auf den Boden geheftet, unterließ er es doch nicht, verstohlen zu beobachten. Oft sah er mitten hinein in ein breites, freches Lachen. Oft bemerkte er, wie Staunen den Spott bannte. Aber hinter seinem Rücken befreite sich dann der Spott, und dreiste Reden, spitz und beißend, flogen ihm nach.

Mit jedem Schritt unter so viel Stichen und Schlägen wurde ihm alltäglicher zu Sinn. Ein Krampf saß ihm in der Kehle. Der alte bittere, hoffnungslose Gram trat hervor. Wie eine Mauer, dick, unübersteiglich, richtete sie sich auf vor ihm, die grausame Blindheit der Menschen.

Nun schien es ihm auf einmal, als ob alles Leugnen unnütz sei. Er war doch wohl nur eine eitle, kleine, flache Natur. Ihm geschah doch wohl recht, wenn man ihn verhöhnte und verspottete. So empfand er minutenlang die Pein und Scham eines entlarvten Hochstaplers und den Wunsch, von aller Welt fortzulaufen, sich zu verkriechen, zu verstecken, oder auf irgendeine Weise seinem Leben überhaupt ein Ende zu machen.

Wäre er jetzt allein gewesen, würde er den Strick um seinen Kopf, der wie ein Heiligenschein aussah, heruntergerissen und verbrannt haben. Wie unter einer Narrenkrone aus Papier, halb vernichtet vor Scham, ging er darunter.

In enge, labyrinthische Gäßchen ohne Sonne hatte er eingelenkt. Ein kleines Fensterchen voller Backware zog ihn an. Er öffnete die Glastür und trat in den Laden. Der Bäcker sah ihn an – die Bäckersfrau – er wählte ein kleines Brot, sagte nichts und ging.

Vor der Tür hatte sich eine Schar Neugieriger angesammelt: eine alte Frau, Kinder, ein Schlächtergesell, die Mulde mit roten Fleischstücken auf der Schulter. Er überflog ihre Gesichter, es war nichts Freches darin, und ging mitten durch sie hin seines Weges.

Mit welchem Ausdruck sie ihn alle angeblickt hatten! Erst die Bäckersleute. Als ob er des kleinen Brotes nicht zum Essen bedürfe, sondern vielmehr, um damit ein Wunder zu tun. Und weshalb warteten die Leute auf ihn vor den Türen? Es mußte doch einen Grund haben. Und nun gar das Getrappel und Geflüster hinter ihm drein. Weshalb lief man ihm nach? Weshalb verfolgte man ihn?

Er horchte gespannt und wurde bald inne, daß er ein Gefolge von Kindern hinter sich hatte. Durch Kreuz- und Quergehen über kleine Plätze mit alten Brunnen darauf, absichtlich umkehrend und die Richtung wechselnd, vergewisserte er sich, daß der kleine Trupp nicht von ihm abließ.

Warum verfolgten sie ihn und ließen sich nicht genügen an seinem Anblick? Erwarteten sie mehr von ihm? Hofften sie in der Tat von ihm etwas Neues, Außergewöhnliches, Wundervolles zu sehen? Es kam ihm vor, als spräche aus der eintönigen Hast der Geräusche ihrer Füße ein starker Glaube, ja mehr als dies: eine Gewißheit. Und plötzlich ging es ihm hell auf, weshalb Propheten, wahrhaftige Menschen voll Größe und Reinheit, so oft am Schluß zu gemeinen Betrügern werden. Er empfand auf einmal eine brennende Sucht, einen unwiderstehlichen Trieb, etwas Wundervolles zu verrichten, und die größte Schmach würde ihm klein erschienen sein im Vergleiche zu dem Eingeständnis seiner Unkraft.

Bis an den Limmatquai war er inzwischen gelangt, und noch immer folgten ihm die Kleinen. Einige trabten, die größeren machten unmäßig lange Schritte, um ihm nachzukommen. In abgebrochenen Worten, mit dem feierlichen Flüsterton der Kirche vorgebracht, bestand ihre Unterhaltung. Es war ihm bisher nicht gelungen, etwas von dem, was sie sprachen, zu verstehen. Plötzlich aber – er hatte es ganz deutlich gehört – wurden die Worte »Herr Jesus« ausgesprochen.

Die Wirkung eines Zaubers lag in diesen Worten. Er fühlte sich aufgehoben durch sie, gestärkt, wiederhergestellt.

Jesus war verhöhnt worden: man hatte ihn geschlagen, angespien und ans Kreuz genagelt. In Verachtung und Spott bestand der Lohn aller Propheten. Sein eigenes bißchen Leiden kam nicht in Betracht. Kleine, feige Nadelstiche hatte man ihm versetzt. Ein Zärtling, der daran zugrunde ging!

Zum Kampf war man da. Wunden bewiesen den Krieger. Spott und Hohn der Menge ... wo gab es höhere Ehrenzeichen?! Die Brust damit geschmückt, durfte man stolz und frei blicken. Und überdies: aus dem Munde der Unmündigen und Säuglinge hast du dir dein Lob zugerichtet.

Vor einer Frau, die Orangen feilbot, blieb er stehen. Sogleich hielten auch die Kleinen im Laufen inne, und ein Haufe Neugieriger staute sich auf dem Bürgersteig. Er hätte seine Früchte gern ohne alles Reden gekauft. Mit einer Spannung warteten die Leute auf sein erstes Wort, die ihn befangen und scheu machte. Ein sicheres Gefühl sagte ihm, daß er eine Illusion zu schonen hatte, daß es von der Art, wie er sprach, abhing, ob seine Hörer ihm weiter folgten oder enttäuscht davonschlichen. Aber es war nicht zu vermeiden, die Hökerfrau fragte und schwatzte zu viel, und so mußte er endlich reden.

Er war beruhigt und zufrieden, sobald er seine eigene Stimme vernahm; etwas Singendes und Getragenes lag darin, eine feierliche und gleichsam melancholische Würde, die, wie er überzeugt war, Eindruck machen mußte. Er hatte sich kaum je so reden hören, und indem er sprach, wurde ihm das Reden selbst zum Genuß, wie dem Sänger der Gesang. Auf der Brücke, unter die hinein der blaugrüne See seine Wellen schlug, hielt er abermals an. Über das Geländer gebeugt, nahm er aufs neue Licht, Farbe und Frische des Morgens in sich auf. Der ungestüme, stärkende Wind, der den See herauffuhr, wehte ihm den Bart über die Schulter und umspülte ihm Stirn und Brust wie ein kaltes Bad.

Und nun aus der mutigen Aufwallung seines Innern stieg es auf als ein fester Entschluß. Die Zeit war gekommen. Etwas mußte geschehen. In ihm war eine Kraft, die Menschheit aufzurütteln. Jawohl! und sie mochten lachen, spotten und ihn verhöhnen, er würde sie dennoch erlösen, alle, alle!

Nun fing er an, tief und verschlossen zu grübeln. D a ß es geschehen würde, stand nun fest; w i e es geschehen würde, mußte erwogen werden. Man feierte heute Pfingsten, und das war gut. Um Pfingsten hatten die Jünger Jesu mit feurigen Zungen geredet. Die Feierstimmung bedeutete Empfänglichkeit. Einem erschlossenen Acker gleichen die Seelen der Menschen an Feiertagen.

Tiefer und tiefer ging er in sich hinein, bis er in Räume eindrang, weit, hoch, unendlich. Und so ganz versunken war er mit allen Sinnen in diese zweite Welt, daß er wie ein Schlafender nur willenlos sich fortbewegte. Von allem, was ihn umgab, drang nichts mehr in sein Bewußtsein außer dem Getrappel der Kinderfüßchen hinter ihm.

Gleichmäßig eine Zeitlang, schwoll es allmählich an, wie wenn den Wenigen, die ihm folgten, andere sich angeschlossen hätten. Und stärker und stärker immer, als ob aus Einzelnen Hunderte, aus Hunderten Tausende geworden wären.

Ganz plötzlich wurde er aufmerksam, und nun war es, als ob hinter ihm drein Heeresmassen sich wälzten.

In seinen Füßen bis in die Knöchel hinauf spürte er ein Erzittern des Erdreiches. Er vernahm hinter sich starkes Atmen, heißes, hastiges Geflüster. Er vernahm Frohlocken, kurz abgerissen, halb unterdrückt, das sich weit zurück fortpflanzte und erst in tiefen Fernen echohaft erstarb.

Was das bedeutete, wußte er wohl. Daß es so überraschend schnell kam, hatte er nicht erwartet. Durch seine Glieder brannte der Stolz eines Feldherrn, und das Bewußtsein einer unerhörten Verantwortung lastete nicht schwerer auf ihm wie der Strick auf seinem Kopfe. Er war ja der, der er war. Er wußte ja den Weg, den er sie führen mußte. Er spürte ja aus dem Lachen und Drängen seiner Seele, daß es ihm nahe war, jenes Endglück der Welt, wonach die blinden Menschen mit blutenden Augen und Händen so viele Jahrtausende vergebens gesucht hatten.

So schritt er voran – er – er – also doch er! und in die Stapfen seiner Füße stürzten die Völker wie Meereswogen. Zu ihm blickten sie auf, die Milliarden. Der letzte Spötter war längst verstummt. Der letzte Verächter war eine Mythe geworden.

So schritt er voran, dem Gebirge entgegen. Dort oben war die Grenze, dahinter lag das Land, wo das Glück im Arme des Friedens ewig ruhte. Und schon jetzt durchdrang ihn das Glück mit einer Wucht und Gewalt, die ihm bewies, daß man athletische Muskeln nötig hatte, um es zu ertragen.

Er hatte sie, er hatte athletische Muskeln. Sein Leben, sein Dasein war jetzt nur ein wollüstiges, spielendes Kraftentfalten.

Eine Lust kam ihn an, mit Felsen und Bäumen Fangball zu spielen. Aber hinter ihm rauschten die seidenen Banner, drängte und dröhnte unaufhaltsam die ungeheure Wallfahrt der Menschen.

Man rief, man lockte, man winkte; schwarze, blaue, rote Schleier flatterten; blonde offene Frauenhaare; graue und weiße Köpfe nickten; Fleisch bloßer, nerviger Arme leuchtete auf; begeisterte Augen, zum Himmel blickend, oder flammend auf ihn gerichtet, voll reinen Glaubens: auf ihn, der voranschritt.

Und nun sprach er es aus, ganz leise, kaum hörbar, das heilige Kleinodwort: – Weltfriede! Aber es lebte und flog zurück von einem zum andern. Es war ein Gemurmel der

Ergriffenheit und Feierlichkeit. Von ferne her kam der Wind und brachte weiche Akkorde beginnender Choräle. Gedämpfte Posaunenklänge, Menschenstimmen, welche zaghaft und rein sangen; bis etwas brach, wie das Eis eines Stromes, und ein Gesang emporschwoll wie von tausend brausenden Orgeln. Ein Gesang, der ganz Seele und Sturm war und eine alte Melodie hatte, die er kannte: »Nun danket alle Gott.«

Er kam zu sich. Sein Herz hämmerte. Er war nahe am Weinen. Vor seinen Augen schwammen weiße Punkte durcheinander. Seine Glieder waren wie zerschlagen.

Er setzte sich auf eine Bank nieder, die am See stand, und fing an, das Brot zu essen, das er sich gekauft hatte. Dann schälte er die Orange und drückt die kalte Schale an seine Stirn. Mit Andacht, wie der Christ die Hostie, genoß er die Frucht. Noch war er damit nicht zu Ende, als er müde zurücksank. Ein wenig Schlaf würde ihm willkommen gewesen sein. Ja, wenn das so leicht wäre: ausruhen. Wie soll man ruhen, wenn es im Kopfe drinnen endlos wühlt und gärt? Wenn das Herz heraus will, wenn es einen zieht ins Unbestimmte, – wenn man eine Mission hat, die verlangt, daß man sich ihr unterziehe – wenn die Menschen draußen warten und sich die Köpfe zerbrechen? Wie soll man ruhen und schlafen, wo es not tut zu handeln?

Es war ein peinigender Zustand, wie er so dalag. Fragen und Fragen und nie eine Antwort. Graue, quälende Leere, mitunter schmerzende Stockungen. An einen Ziehbrunnen mußte er denken. Man steht, zieht mit aller Kraft am Seil, aber das Rad, worüber es geht, dreht sich nicht mehr. Man läßt nicht nach mit Zerren und Stemmen. Der Eimer soll herauf. Man dürstet zum Verschmachten. Das Rad gibt nicht nach. Weder vor- noch rückwärts schiebt sich das Seil. – Eine Plage war das, eine Qual – beinahe ein physisches Leiden. Als er Schritte vernahm, freute er sich der Ablenkung. Ja, du lieber Gott! Was war das überhaupt für ein Gedanke gewesen, jetzt schlafen zu wollen! Er stand auf, verwundert, daß er sich in seiner Kammer befand, und öffnete die Tür nach dem Flur. Seine Mutter, wie er wußte, stand auf dem Gange, und er mußte sie hereinlassen. Sie kam, sah ihn an mit strahlender

Bewunderung, ihre Lippen zitterten, und sie faltete in Ehrfurcht ihre Hände. Er legte ihr die Hände aufs Haupt und sprach: stehe auf! – und – die Kranke erhob sich und konnte gehen. Und wie sie sich aufrichtete, erkannte er, daß es nicht seine Mutter war, sondern er, der Dulder von Nazareth. Nicht nur geheilt hatte er ihn; er hatte ihn lebendig gemacht. Noch wehten die Grabtücher um Jesu Leib. Er kam auf ihn zu und schritt in ihn hinein. Und eine unbeschreibliche Musik tönte, als er so in ihn hineinging. Den ganzen geheimnisvollen Vorgang als die Gewalt Jesu in der seinigen sich auflöste, empfand er genau. Er sah nun die Jünger, die den Meister suchten. Aus ihnen trat Petrus auf ihn zu und sagte: Rabbi! – »Ich bin es,« gab er zur Antwort. Und Petrus kam näher, ganz nahe, berührte seinen Augapfel und begann ihn zu drehen: der Jünger drehte den Erdball. Die Stunde war da, sich dem Volke zu zeigen. Auf den Balkon des Saales, den er bewohnte, trat er hinaus. Unten wogte die Menge, und in das Brausen und Wogen sang eine einzige dünne Kinderstimme: »Christ ist erstanden.«

Sie hatte kaum begonnen, als das Eisen des Balkons nachgab. Er erschrak heftig, wachte auf, rieb sich die Augen und wurde inne, daß er auf der Bank eingeschlafen war. –

Gegen Mittag mochte es sein. Er wollte wieder hinauf in den Buchenwald, um seine Zeit abzuwarten Die Sonne sollte ihn weihen, dort oben.

Noch immer kühle und reine Luft, wie er den Berg hinanstieg. Hymnen der Vögel. Der Himmel wie eine blaßblaue, leere Kristallschale. Alles so makellos. Alles so neu.

Auch er selbst war neu. Er betrachtete seine Hand, es war die Hand eines Gottes; und wie frei und rein war sein Geist! Und diese Ungebundenheit der Glieder, diese völlige innere Sicherheit und Skrupellosigkeit. Grübeln und Denken lag ihm nun weltfern. Er lächelte voll Mitleid, wenn er an die Philosophen dieser Welt zurückdachte. Daß sie mit ihrem Grübeln etwas ergründen wollten, war so rührend, wie wenn etwa ein Kind sich abmüht, mit seinen zwei bloßen Ärmchen in die Luft zu fliegen.

Nein, nein – dazu gehören Flügel, breite Riesenschwingen eines Adlers – Kraft eines Gottes!

Er trug etwas wie einen ungeheuren Diamanten in seinem Kopfe, dessen Licht alle schwarzen Tiefen und Abgründe hell machte: da war kein Dunkel mehr in seinem Bereich ... Das große Wissen war angebrochen. –

Die Glocken der Kirchen begannen zu läuten. Ein Gewühl und Gebrause von Tönen erfüllte das Tal. Mit einer erznen Zunge schien die Luft zu sprechen.

Er beugte sich vor und lauschte, als es zu ihm heraufkam. Er senkte das Haupt nicht, er kniete nicht nieder. Er horchte lächelnd wie auf eines alten Freundes Stimme, und doch war es Gottvater, der mit seinem Sohne redete.